KB065567

극지의 새

빗방울화석 시선 1
극지의 새
ⓒ신대철, 2018

초판 1쇄 2018년 6월 12일 펴냄
초판 2쇄 2018년 10월 30일 펴냄
초판 3쇄 2019년 3월 10일 펴냄

지은이   신대철
펴낸이   조재형

펴낸곳   빗방울화석
등 록   제300-2006-188호(2004.12.13)
주 소   경기도 파주시 교하읍 문발리 파주출판도시 535-7
전 화   010-3757-5927
이메일   kailas64@hanmail.net

ISBN   978-89-960035-9-5 03810

이 도서의 국립중앙도서관 출판예정도서목록(CIP)은
서지정보유통지원시스템 홈페이지(http://seoji.nl.go.kr)와
국가자료공동목록시스템(http://www.nl.go.kr/kolisnet)에서
이용하실 수 있습니다.(CIP제어번호: CIP2018017643)

빗방울화석 시선 1

극지의 새

신대철 시집

빗방울화석

시인의 말

얼음빛을 보러 강에 나갔다. 한 남자가 강가로 내려간다. 얼어붙은 강에 돌을 던지고 귀 기울인다. 무슨 생각을 듣는지 한참 서 있다가 날 선 칼처럼 생긴 삼각주로 올라간다. 황오리 떼가 둑을 끼고 날아가다 눈 덮인 빙판에 하얀 날개덮깃을 빛내는 곳.

올 들어 가장 추운 날 아침 그곳을 서성이는 한 사람,

그는 얼음을 툭툭 두드려보고 얼음 두께를 재어본다. 흐르는 물은 한 번에 몇 센티씩 얼까? 두 번 얼었으니 강을 건너볼 수 있을까? 한 기억에서 다른 기억으로 건너가다 언 허공으로 미끄러져 오는 사이 그는 모래섬 부표 근처에서 머뭇거리다 돌아온다. 입김이 눈썹에 하얗게 붙어 있다. 다리 상판을 옮길 수 있는지 점검했다고 한다. 1.5센티씩 두 번, 얼음 두께는 3센티, 그 이상이면 쇄빙선을 불러야겠다고 한다.

녹았다 얼어붙은 생각들이
부서진 조각부터 빛이 든다.

언 발을 구르며 그가
한자리에 뭉쳐 있는 동안
나는 가만히 빛 무늬를 들여다본다,
아직 시 행간에 서 있는 줄도 모르고.

2018년

극지의 새

차례

시인의 말

1부

1부

산줄기

산속에 혼자 살수록
나를 닮아가는 생각이 두렵다.

마을에서 산줄기 타고 돌아오면
물소리 들리지 않는다.
새소리 들리지 않는다.

몸속에서 누군가 노래를 부른다.
누군가 그 노래를 따라 부른다.

밤이 온다. 잠이 온다. 사이

나는 산줄기를 타고
아무것도 보이지 않는 먼
먼 생각 속으로 걸어 들어가다 녹아버린다.

눈사람 이름

함박눈 속에 저렇게 많은 아이들이
숨어 있었을까
아이들이 동네 뒷골목을
들쑤시고 다니며
눈싸움하고 눈사람 세우고
하얀 나무 밑동에
언 손가락 호호 불며
눈사람 이름을 써놓는다
건우 기욱 설희
내 차 옆 유리에도
까치발로 쓰다 만 ㅁ자가 남아 있다
ㅇ자 쓰려다 주춤주춤 망설인 것일까
함박눈 몇 번 내려도
쓸 수 없는 이름일까

아이들은 우우우 벌판 끝으로 달려가
공터에 이름을 깊게 쓴다
그 이름이 침묵이고 고독인지도 모르고

모퉁이 곳간

옆집 양철지붕과 맞붙은 홈통 사이에 흙벽 굴뚝이 삐져 나와 있었습니다. 굴뚝을 잡고 침침한 빛을 더듬어 돌아 가면 동굴 같은 모퉁이 곳간이 하나 있었습니다. 할머니 는 마실 간다 하시고는 뒤꼍으로 돌아가 한동안 녹슨 연 장과 가마때기와 박쥐 틈에 껴 있다 나오셨습니다. 어느 가을 저물 무렵 터진 굴뚝을 메우러 갔다가 우연히 곳간 에서 할머니를 만났습니다. 꼬맹이 때 재취자리를 피해 굴뚝 뒤로 숨어들 때처럼 할머니는 연기를 휘감고 웅크려 앉아 계셨습니다. 컴컴해지자 팔락거리며 박쥐가 날아들 었습니다. 박쥐의 날갯짓에 할머니의 주름살에 파동이 일 고 꼬맹이의 울음소리가 다가왔다 멀어졌습니다.

'애, 박쥐야, 나 좀 살려줘,
겨울 날 때까지만 나 좀…'

어린 나이에 재취자리로 들어오신 할머니는
물에 갠 황토를 굴뚝에 찰싹 붙이고
땅바닥으로 흘러내리다가
꼬맹이를 끌어안고 가슴을 쓸었습니다.

꼬맹이 뒤에 할머니 뒤에 내 뒤에
커다란 박쥐가 매달려 있었습니다.

사진 한 장

삼각대 받쳐놓고 새를 기다린다.
망원렌즈 안으로 흰 구름 모이다 가고
갈대들 휘어져 들어왔다 나간다.

갯벌 물골을 타고 먼 바다로 나가는 수평선.

질척이는 갯벌 끝에서
지평선과 수평선이 맞닿는 순간
숨은 시에 반사된 은빛 물결이
숨결의 파문에 따라 눈부시게 반짝인다.
빙빙 돌아 뭍으로 돌아오던 새들은
군무를 멈추고 황홀히 떠 있다.

나는 숨 돌릴 새 없이 셔터를 누른다.
찢어진 구름과 바람 소리
빠져나가지 못한 갈댓잎만 잡혀도
가슴에 찍히는 사진 한 장.

시 스친 사진 속에는 이따금

별똥별을 기다리는 소년이 드나든다.

물결
—사진 한 장 2

노부부가 호박을 따고 있었다.
눈 마주치면 심호흡하다 말을 더듬었다.
나는 흙먼지 쓸리는 길가에 돌아앉아
나무때기를 타고 올라오는 백로를 기다렸다.
튀어 오르는 물고기를 낚아챌 때
햇빛에 붉게 물드는 날개를 상상했다.

강물이 흘러가다 거슬러 오기 시작했다.
웃통 벗고 두 손 올린 채
중년 사내가 흘러가다 거슬러 왔다.
갈비뼈만 남은 가슴이 피사체냐고 물었다.
나는 고개를 흔들며 먼 물길만 보았다.

서울에 올라와
원효로 3가에서 처음으로
하얀 사막 같은 한강을 보았다.
한 남자가 얼음에 박힌 시체를 떼어내고 있었다.
강둑에 몰아치는 칼바람을 맞으며
동네 사람들이 수군거리고 있었다.

이 몸 혈육에 맡기지 않고
물결에 맡기겠다고, 시신을 찾지 말라고
평소 자주 중얼거리던 그 사람이라고.

백로가 오는 길목으로
노부부가 호박을 품에 가득 안고
내 쪽으로 걸어왔다.
우리가 심었지만 이슬이 키운 것이니
얼른 받으라고 손짓했다.
얼굴 익힐 사이도 없이 호박을 받아 들었다.

파문, 물결이 물결에 쓸려나가고 있었다.

정맥길에 은빛 엽서가 1

매산리 고갯길 건너
단풍나무 숲속으로 올라갔다.

금북정맥 표지기 사이에
억새꽃 꽂힌 엽서 하나
바람에 흔들린다.
무심히 지나가다 되돌아와
엽서를 살펴본다.
주소도 이름도 메시지도 없다.
그가 하고 싶은 말은
늦가을 햇빛에 투명해지는
은빛 꽃이삭에 맺혀 있을까?
백지 엽서를 보았을 뿐인데
왜 가슴이 두근거리는 것일까?

눈앞에 하얗게 어리는
은천동 물소리

물길 헤치며 건너온 광인이

불쑥 내뱉은 말
사람은 영원히 살 수 없다는 그 한 마디에
징검돌 건너다 흐느끼던 동무들

나무 사이에 청양 읍내 한 자락 스칠 때마다
가슴이 아려온다.

너라는 말
—정맥길에 은빛 엽서가 2

고운식물원을 빠져나와
구봉산 오르는 길,
주황빛 옻나무 잎새 위로
청양 읍내가 보였다.
너라는 말이 슬며시 다가오자

너는 동네 골목 끝에 웅크리고 있었고
너는 땀내 나는 등에서 흘러내리고 있었고
너는 막 꺾인 방아풀꽃
자줏빛 향기를 쏟아내고 있었고
밤이 왔다, 앞산 애장터에서 여우가 울었다.

그 오랜 시간 뒤에
내게 와서 너라는 말은
무엇으로 바뀌었는지

너라는 말에 발길이
숨이 콱 막힌다.

까마중

 나이 들면서 까마중이 자주 눈에 띄는군요, 풀 중에서
도 흔하던 풀인데 그동안 어디 숨어 있다가 가는 곳마다
나타나는지요, 지치고 배고프고 외로울 때 까만 열매 씹
으면 단물에 녹아들던 몸, 그때 우리의 꿈은 냇물을 건너
보는 것이었지요, 앞산 꼭대기 소나무에 올라가 보는 것
이었지요,

 냇물은 웅덩이만 남아 있고
 소나무 베어지고 산 무너진 자리엔
 쓰레기 둔덕이 생기고 까마중이 군락을 이루었군요,

 다시 쓰레기 둔덕을 넘고 또 무엇을 넘으면
 앞산 소나무 꼭대기에 오를 수 있을까요.

그냥 살아 있는 것
—삼정맥 분기점에서

나는 어느 순간에 내가 되었을까? 능선으로 줄줄이 쏟아져 나오는 빗소리와 처마 밑의 새소리, 아무리 멀리 가도 깃들 데 길밖에 없고 비 그친 뒤에도 빗발치던 길과 처마 밑의 새소리, 나는 어느 순간에 사라진 이를 가슴에 품지 않고 꿈도 없이 우리가 되었을까? 갈라진 핏줄 때문에? 함께 심은 돌배나무는 저 혼자 불쑥 자라고 나도 우리도 뒷동산에서 뒷동산으로 정맥길 돌아다니다 처마 밑에서 지워진다.

빗줄기에 새소리라니?
속말이 새소리로 들린 것일까?

다락논 치는 사람
일 거들어주고
새참 물 말아 먹을 때 다시 들려온 새소리

그냥 살아 있는 것도 온전한 미래였던
정맥의 숨결 하나 되살아난다.

혜산의 퀀셋 작업실 1

금광저수지 느티나무 옆을 지나
담장 사이로 구불구불 들어가면
맨 끝집이 혜산 선생님 작업실.

내 기억 속에는 오홍리
동네 이름보다
돌, 물, 감나무, 왕퉁이, 원두막이 있는 곳,

이십여 년 전인가, 산기슭에 퀀셋 하나 덜렁 놓여 있을
때 물길을 대려고 혜산 선생님과 뒷산에 올랐다. 골 파고
보 쌓을 때마다 저 새, 저 나무 좀 봐, 저 뿌리는 다치지
않았겠지, 저 생명붙이들과 물을 나눠 써야 하는데 미안
하네, 미안하네 하셨다.

혜산 선생님은 한 달에 한두 번 작업실에 내려오셨다.
남한강 돌밭에서 탐석한 수석과 다시 한번 강렬히 만나
고 시 쓰고 한가해지면 고목 뿌리로 조각상도 만들고 산
속에서 막 올라온 속봉우리 같은 서운산을 바라보며 명
상에 잠기셨다.

나직한 음성, 따스한 눈빛

일상으로 돌아온 혜산 선생님은
갓 지은 원두막 송진 냄새에
웽웽거리는 왕퉁이 떼를
뻑뻑꾸욱 뻑뻑꾸욱
허리 굽혀 손뼉 치면서
들소년이 되어 왕퉁이 떼 몰고
사갑들로 고장치기로 돌아다니다가
햇빛과 바람과 별에 흠뻑 젖어
신촌 언덕집으로 올라오셨다.
그날 저녁엔 언덕이 까마득히 올라가 있었다.

혜산의 퀸셋 작업실 2

원두막 사라지고
퀸셋도 사라지고
단아한 집 하나,
뜰에는 강돌이 모여 있다.
강줄기 휘어 감은 돌 사이
물살 굽이치는 포탄리 미석 앞에서
나는 주춤거린다.

바람이 분다, 땡볕이 쏟아진다.

그날* 우리는 나란히 시외버스에 앉고 나룻배를 타고,
물과 바람과 해를 끼고 나란히 강둑을 걸었다. 포탄리 돌
밭에 이를 때까지 묵묵히 걸었다. 강기슭에 이르자 선생
님은 맑은 물속을 더듬어 오석 몇 개를 끌어내셨다. 오석
은 물빛이 마르면서 질감이 드러나고 리듬이 살아났다.
흙, 불, 바람. 돌 안에서 뭉쳐 나오는 빛이 면마다 꿈틀거
렸다. 수억 년 동안 돌덩어리들 부딪치고 쪼개지고 구르
면서 약한 힘은 떨어지고 강한 힘만 남은 먹빛, 물과 모래
와 돌밭과 인간을 압도하는 먹빛, 그 빛으로 선생님은 그

림을 그리고 난을 치고 피리를 불고 인류의 구원과 민족
의 자유를 위해 신앙시를 쓰셨다. 가만히 그 빛을 끌어안
고 손으로 어루만지면 손끝으로 뜨거운 기운이 들어왔다.
인간을 인간이게 하는 인간적인 것 일체가 하나씩 분해되
어 대기로 돌아갔다.

선생님은 돌들을 돌려 돌 하나하나에 형상을 주고 감
추고, 제힘으로 온전히 서는 돌에 표시를 하고, 혼자 한
없이 내려가셨다가 물줄기를 거슬러 오셨다. 나도 선생
님 반대편으로 올라갔다가 송장헤엄치며 물소리에 취해
내려왔다. 어둠이 아래에서 올라오고 위에서 내려와 함
께 만나는 지점은 어둑어둑해지고 있었다. 은은히 떠오
르는 공제선 위에 생명을 받은 돌들이 선생님의 뒷모습
에 스미고 있었다.

그날 선생님은 빈손으로 돌아오셨지만
뜰에는 어둠에 묻히는 강돌과

선생님의 어둑한 뒷모습이
돌 사이사이를 흐르다

미석에 스며든다.

나는 가만히 미석에 손을 대본다.
가슴속으로 먹물빛 번지면서
뭉쳐진 힘이 꿈틀거린다.

* 혜산 선생님이 신군부 정권하에서는 어떤 일도 하지 않겠다고 예술
원 회원을 거절하신 날.

북상골

사람 하나 살지 않는 북상골이
복사꽃 환한 골이었다는군요.

뒤돌아볼 데 없이
사람 막히고 길 막힌 이들
야밤에 아이 업고 보따리 이고
갈 수 있는 데까지 걸어 들어간 곳

복사꽃 햇빛에 복사꽃 새소리
그곳이 화전민 마을이었다는군요.

물 굽이굽이 돌아가는 곳
그 어디에 세상이 붙어 있든
잊으려고 불 지르고
잊으려고 화전 일구고
아이와 함께 설레는 마음으로
목청 석총 꿈꾸다
침과 나뭇가루와 허공으로 접착된
빈 벌집 같은 꿈속으로 들어가

돌아 나오는 길 지워버린 이들
복사꽃 햇빛에 복사꽃 새소리 남기고
소리 없이 땅바닥에 스민 움막들.

그 꿈속으로 들어가지 않으면
북상골 화전민을 찾을 수 없다는군요.

국망봉에서 본 그 추운 여름

하루에 한 번 미군들이 화악리 캠프에서 짚차를 타고 화악산 꼭대기로 올라왔다. 해발 1468미터, 레이더 기지 근처 소각장에 무장경비병을 세우고 보안문서를 불살랐다. 잿더미의 불기운처럼 서울 밤하늘이 벌겋게 비치다 스러졌다.

하루에 한 번 우리 소대는 산 뒤편 용담리에서 부식을 지고 원시인처럼 아, 아, 소리치며 올라왔다. 주목숲 밑에 텐트 치고 레이더 경비를 섰다. 접근금지 철조망 사이에 두고 미군 감시받으며 순찰했다. 1968년, 그 추운 여름.

금강산선
―적근산에서

첫얼음 얼면
맨 먼저 불려 나오는 산,
이름만 들어도 춥고 아득해지는
한북정맥 최북단 적근산.

추가령에서 오는
구릉 같은 산들 오글오글 밀려오다
사람 하나 오락가락하는
아침리(牙沈里) 근처
나지막한 민둥산 산등에서
녹슨 철책을 넘어오는 능선길.

평강 백암산은 보이지 않고
분계선 가까이 스치는
끊어진 철길과 습지,

아침리에서 금강산까지
아침 먹고 걸어서 한나절이면 간다는데
금강산선 복구되면 이번에는

아침리에서 금강산 시화전* 열고
마음대로 서성여도 되겠다.

고요히 잔설이 녹고 있는 비무장지대

비탈진 북방한계선에 기대어
초병들은 졸면서 남쪽을 바라보고
가물거리는 그 아지랑이 눈빛을 타고
능선길은 대성산을 넘는다.
어깨 위에 걸려 있던 발길들
한북정맥 끝자락으로 흐른다.

* 2004년 4월 3일부터 5일까지 구룡폭포와 만물상 앞에서 빗방울화
석 동인들과 '백두대간 금강산 시화전'을 열었다.

2부

거제수나무에서 자작나무까지

주능선 놓치고
백두산 금강대협곡에 들어왔다.

거제수나무에서 자작나무까지 걸었다.

찢어진 발걸음 사이에
누가 다녀간다.

사람은 보이지 않는데
눈덩어리들이 굴러내린다.
피하고 보면 눈덩어리가 아니라
어린 시절부터 따라온
거칠게 이명을 굴려 가는 정적
그 끝에 다른 얼굴 지워버린 무서운 미소 자국.

주능선 버리고
자작나무에서 거제수나무까지 걸었다.

걸음 자주 엉키고

걸을수록 눈산 자욱해진다.

거제수나무 줄기에서 움트는 자작나무 잎.

내금강 보덕암

길가에 넘어진 낡은 자전거
판자 울에 숨어도
삐져나오는 사람 그림자

쏙 들어갔다 나오는 맑은 골목들
고요히 흔들리는 하얀 빨래들

뒷짐 지고 한번 걷고 싶은 금강읍

고개 넘어 내금강에 들어서자 무슨 향기가 울려왔다. 처음엔 전나무 향기인 줄 알고 전나무 사이에 들어가 기웃거렸다. 비좁게 위로 위로 길을 내고 있는 나무들, 구르는 물에 구르는 돌, 나는 뒤집힌 채 굴러가다가 같은 길, 같은 집, 끝없이 펼쳐진 황톳빛 시간에 취해 돌아왔다.

노스님들은 앞만 보고 마하연 터로 올라가고 있었다. 그쪽에서 향기가 울려왔다. 노스님들이 잡풀 속에 가부좌를 틀고 있는 동안 황톳빛 시간 스러지고 물소리만 들려왔다. 그 물소리를 따라가니 분설담, 벼랑이 내려오다 아찔아찔 다시 올라가 암자를 받치고 있었다. 훅 끼쳐오

는 푸른 벼랑,

　스님 없어도
　보덕암은 선정 중

온정령 단풍잎

구름안개 속에서는
하늘에서 내리는 신선 같다는
삼선암 지나 귀면암
그 사이로
온정령* 한 자락 비치고
용마바위 옆으로
붉은 단풍잎 내려오네.

발붙일 수 없는
대간길에도 가을이 오네.
겹겹이 쓰고 다닌 귀면 벗어
하나씩 바위에 올려놓고
나는 넋 놓고 바라보네.

벗고 벗어도
귀면뿐인 나를 보고
귀면이 반갑게 웃네.
내가 바위처럼 서 있으면
귀면은 인간처럼 웃으면서 말하네.

귀면이 없다면 맨얼굴도 없다고
만물상 앞에서
한바탕 탈춤이나 추자고 하네.

단풍잎 점점 붉어지네.

* 북쪽 고성군 온정리에서 내금강으로 가는 고개. 백두대간 오봉산과
옥녀봉 사이에 있다.

구름국화

천지에서 흘러온 엷은 구름이
백두고원에 머무네.
슬며시 구름국화 한 송이 품어보네.
노란 꽃술 속에서
낯익은 소리 울리네.

흰 구름은 내 집이야.
흰 구름 속에
엄마도 동생도 두고 왔어.

짝짝이 양말 벗어놓고
고아원 마당 한구석에서
노랗게 물든 맨발로
땅에 그린 하늘과 구름을 뭉개던 동무
고아원에서 사라진 후 구름국화 속에 돌아온 동무

다가가면
고원이 흐르네.
맨발이 흐르네.

새

갈대숲에서 숨죽여 보던
녹슨 황색 팻말 앞에
두 사람이 마주 앉네.

햇빛 받는 목소리에
서로 웃으며 귀 기울이네.

머리 위로
총알 같이 날아갔던 그 새
소리 없이 돌아와 있네.

한 사람은 가야 할 길 말하려고
한 사람은 깊고 높은 길 찾으려고
침묵까지 환하게 눈빛으로 밝히네.

산책하듯 도보다리를 걸어오네.

개마고원이든 그 어디든
움트는 수목지평선에 가겠다고

새 노래하네.

노래와 멀어질수록
새 보이지 않고
간간 개 짖는 소리 들리네.

상봉

미시령 감시소에서 경고받고 머뭇거린 길

속초 중앙시장은 어둠, 다리 건너 아바이마을은 햇볕

샘터에서 물 한 모금 마신 뒤
멧돼지가 파헤치고 간 길을 따라
숨 헐떡이며 상봉에 올랐다
함포 사격에 조각난 너덜지대 바위들
눈측백, 구상나무, K50 탄피, 기름통

상봉 전투 전사자들 유해는
반세기 지나서야 국립묘지로 가고
발굴터 생흙 속에 돋아나는 잡풀들

죽음 뒤에 오는 시간이
무엇을 위한 시간인지 모르면서
병사들은 죽어서 미주리선*만 남겼는가

망원렌즈에 가물가물 자리 잡는 백두대간 향로봉

* Missouri Line. 6·25전쟁 중이던 1951년 당시 춘천, 인제, 미시령, 속초를 잇는 작전선.

실폭

살얼음판 위로
하늘다람쥐 날아가고
미끌미끌 하얗게 엎어지는 물소리
송림 사이로 울려오는 얼음 찍는 소리

개울 건너 실폭에서 젊은 산악인이 선등을 하고 있었습니다. 그의 손끝 발끝이 빚는 강렬한 얼굴에, 후등을 향한 그의 따뜻한 음성에 역광이 들고 있었습니다. 그때 내게서 무슨 일이 일어나고 있었습니다. 나는 웬일인지 빙벽 뒤편으로 가고 있었습니다. 내 손끝 발끝이 빚어놓은 초벌 얼굴이라도 있는 것처럼 산간 마을 쪽으로 사라지고 있었습니다. 밭고랑 진 햇볕에 밭고랑 진 분지, 그 고랑 타고 안으로 들어가고 있었습니다. 능선에 걸린 얼굴들이 다가왔습니다. 거기엔 미소처럼 금간 화전민 얼굴도 들어 있었습니다.

흐르는 발에
바람 부는 손에
얼굴 얹혀두고

나는 그냥 가리봉 능선을 바라보고 있었습니다. 실폭이
황홀하게 어른거렸습니다.

토왕폭

눈발 그친 뒤
저항치 넘어가는 새들은
서어나무 끝에 앉아 숨 고르다 날아간다.

러셀 흔적을 찾아 더듬어 가는 길,
가만히 눈가루 뒤집어쓰고 다가오는 눈벼랑,

물소리와 눈덩이들은 서로
뭉친다, 구른다, 흘러내린다,

빙폭으로 가는 눈빛에 눈 생각만 반짝인다.

문득 눈길 고요해지는 토왕골,
툭 터진 와이골 밑에서
지난 눈사태 다시 일어나고
눈산 울리며 떠돌던 혼이 몸속에 들어와 속삭인다.

'우린 산에서 태어나 산으로 돌아왔습니다.'
'절대고독에 길 하나 내고 싶었습니다.'

칠성봉과 화채봉 사이
연둣빛 햇살은 쏟아져 내리고
이마를 스치는 빛 한 줄기,
그 빛 선광을 띨 때
그 빛 타고 토왕폭이 내려온다.

더듬어 가는 옛길

고원에서 흰 구름과 하룻밤을 보내고
대관령 옛길을 걸었다.

그날 밤 시를 쓰려고 옛길을 불러왔다.
범일국사, 김유신, 단오제, 까마귀
선자령 가는 능선길, 비릿한 바람 냄새
무당, 반정, 대숲, 생강나무꽃
홍성, 이달, 허균, 소금장수, 보부상, 신사임당, 허난설
헌,

이름만 남은 길 떠돌다가 두 주 지나
다시 시를 쓰려고 옛길을 불러왔다.
굽이치는 대관령 옛길, 움직일 때마다 해체된 시간이
먼저 내리막으로 쏟아진다. 네가 여기 있는 건 영을 오
르내린 사람들 때문인데 강기슭 돌아가듯 휘어진 내리
막길만 본다. 갓 핀 생강나무꽃만 본다. 얼굴 없는 얼굴
은 보지 않고 주막에 들어앉은 나그네 그림만 본다. 계곡
을 흔드는 개구리 소리만 듣는다. 네 안에 무슨 일이 일
어난 것일까? 혼자 떠돌아다니는 동안 잡동사니 생각을

뭉쳐 네 몸에 맹목렌즈만 남긴 것일까? 그래도 반정 지나 사람의 체취 스치면 너도 한 걸음씩 너와 가까워지면서 네 몸속에 도는 거친 힘에 이끌려 옛길을 들락날락하리라. 허균이나 허난설헌이 아니라도 네 보폭에 숨 막히는 말 섞이리라.

삼 주 지나
다시 시를 쓰려고 옛길을 불러왔다.
대관령을 잊고 내려가다 멈췄던 길,
바위 밑을 보려고 흙을 만져보려고
물소리를 들으려고 구름을 놓으려고
잠시 멈췄지만 가지 않은 길

있지 않은 길
그 길에서 심장의 소리를 듣는다.

도화동 물소리

　간기마을 끝집에서 골 깊숙이 한기에 빨려 들어간다.
골길 따라 앞서간 이들은 도화동 합수머리 화전터에서 장
화 한 짝을 보고 멈춰 있다. 양지바른 곳엔 무너진 집, 밭
터와 담 부스러기들, 한때는 흐르는 사람들 흘러들어 물
소리로 산벽을 견뎠을까?
　나는 화전 시절 골연기도 감추려고 개복숭아 씨를 흩뿌
렸다. 복사꽃 피기 시작하자 길 잘못 든 이들 토방에 걸터
앉아 집 나간 사람 그리워하는 줄 모르고 여기가 진짜 도
화동이네요, 이게 사는 거지요, 하고 중얼거렸다.

　기억 속으로 들어갈수록 빽빽한
　끝이 안 보이는 금강송
　살갗을 찌르는 조릿대, 땀 냄새와 송이 향기
　상동으로 넘어가는 이도 없고
　새도 보이지 않는다.

　끌고 다닌 허공 속으로
　바람과 하늘과 빛이 들어온다.
　눈부시다, 아리다, 어머니

목이 탄다.

나는 골길 버리고
감정선 어딘가에 막 합선된
언 물소리에 엉겨 붙어 흘러내린다.

별 궤적

북쪽으로 치달리는 길 찾으려고
휘어지는 산줄기 보려고
지나는 길에 훌쩍 올랐던 함백산.
오늘 밤은 별자리와 은하수 보려고
만항재에서 산행을 시작한다.

숨결 바뀌는 0시
함백산 자리에 안개 산 솟아오르다 뭉개진다.

담요를 뒤집어쓰고
바위와 안개 틈에 끼어
별 궤적을 꿈꾸는 사진작가들.
돌탑 아래 둘러앉아
그 옛날 처음 본 별똥별에 가슴 에이며
일기예보 뒤적이는 무박2일 여행객들.

헬기장에서 텐트 걷던 산악인들은
헤드랜턴 불빛 앞세워
은대봉 금대봉으로 서둘러 간다.

모두들 별자리도 은하수도 잊고
안개 속에 깜박이는 랜턴 불빛을 바라본다.

라이트를 끈 채
재를 넘던 자전거 여행자 떠오르고
되돌릴 사이 없이 아프게 스쳐 간 이들
안개 산에 어렴풋이 별 궤적을 이룬다.

구룡산 방화선 길

떠오르는 구룡산 방화선 길, 어느 산인 줄도 모르고 우리 따라 올라와 정상에서 사방 봉우리만 찍던 사내, 집이 독립문 근처라는, 방마다 봉우리 사진 걸어놓고 봉우리 보고 출근한다는, 숨 막히면 아무 산이나 올라갔다 봉우리 갖고 내려온다는 그 중년 사내는 일행 사이에 끼어 오다가 각화사로 갔고 우린 일상으로 돌아왔다. 온몸이 흔들릴 땐 언제나 맨얼굴이 그리운 곳으로.

웅웅거리는 산

저 살다 가는 길 모르는 게 인생? 콧노래로 '하숙생' 흥얼거리며 산모퉁이 돌아가던 아저씨가 되돌아온다, 고장 난 차 밑으로 얼굴을 들이밀며 바윗길에선 바위를 타고 넘으라고 강원도 산길에선 조인트가 문제라고 굵은 철삿줄 건네주고 솔밭으로 올라간다.

흥겨운 아저씨 발길에 망설였던 길 다 딸려 보내자 하늘 트이는 대간길, 나무와 바위 사이 산목련 몇 송이 벌어진다. 그 위 황소 등줄기 같은 태백산, 그 위 사슴 머리 같은 함백산, 구룡산 정상은 바람 한 점 없이 볼록한 능선만 남는다, 신선봉 깃대배기봉 지나 슬며시 솟아오르는 천제단

도화동은 지도에만 붙어 있고
필승사격장* 상공에선 느닷없이
괌에서 오키나와에서 온
제트기 편대 점점이 떠오른다.
기총소사에 미사일에 흙먼지
따따따따 쾅!

배낭 걸머진 채
사람들은 천제단 앞에 엎드려 있고

대간이 흔들린다.
숨은 봉우리들이 웅웅거린다.

* 영월군 상동읍 천평리에 있는 국내 최대 종합전술사격장. 1981년 건설 당시부터 지금까지 미군과 협약을 맺어 공동으로 사용하고 있다.

산상초원

"눈, 눈, 산상초원"

첫눈 생각이 문득 멈춘 곳으로
물길 더듬어 소백산을 오른다.
산 깊이 오를수록
풀숲으로 들어간 물소리는
풀벌레 소리로 흘러나온다.

두둥실 떠오르는 주목 군락에
빗방울화석 같은 고요

산꾼들은 비로봉을 안고
초원을 굴러내린다.
풀빛 쏠리는 분지에 아이들만 남는다.
누군가 가만히 아이들을 들어 올려
구름 위에 얹어놓는다.
산상초원이 흐른다.

"눈, 눈, 산상초원"

바람 높이 부는 그대 꼭대기에서 그대를 몰고 가는 이
누구인가?

서각가(書刻家)

팔만대장경 경판은 아니지만
평생 돌배나무에 글씨를 새긴 노인이
딱따구리 울음소리에
길을 멈춘다.

물소리 번지는 공중엔
연둣빛 바람에 햇빛 움트고
사람 사이에 봄 구멍 내며
각도 결도 가리지 않고
나무 쪼는 딱따구리

그는 꿈꾸듯이
그냥 서 있다.

수준점
—말티재 2

말티재 수준점을 보는 순간
인천시 중구 항동 1가 2번지,
수송기(C-45) 녹슬어가는 좁은 언덕
그 아래 수준 원점 원형탑이 떠오른다.

방황하는 아들이 표고를 잡던 곳
몇 년째 긴 골목을 뒤져
방 하나 빌리고 이삿짐 나르고
밀물 썰물에도 흔들리는 표고점을 보며
원형탑을 빙빙 돌았다.
기울어진 소나무에 기대어
언제나 부드러운 얼굴을 생각하며
아들을 기다렸다.

내 원점은 피붙이였을까?
핏줄 거슬러 오르면
아버지도 나도 아들도
정처 없는 피 한 방울?

원점을 물에서 피로
풀로 흙덩이로 옮기며 가는
고요한 산길,
가라앉은 목소리에서
우러나오는 아찔한 흙내

말티재에서 좌구산까지는
내 안으로 길을 내며 가고 싶다,
호미곶 같고 이원만 같은 능선길
조금 더 깊게 구부리고 구부려서 편안하게

삼파수

주능선은 암릉에서 암릉으로 뭉쳐가고
빗방울은 남한강, 금강, 낙동강으로 흩어지고

연리지 꼭대기 잎새들의 물결 소리도
서해 개펄을 향해
천왕봉 바위틈으로 흘러내린다.

어느 산 어느 강줄기에서도
속봉우리 내미는 독립봉 하나
가만히 다가온다.

칠갑산
꾀꼬리봉,

아버지의 무덤이 내려다보이는
아버지와 처음으로 핏줄을 잡고 기어오른
지상에서 우주로 돌출한 나의 아버지의 아버지의 뒷
동산.
거기선 무슨 말을 해도 하늘이 트이고 시가 되었다.

황악산 바람재에서

그토록 벗어나려 했지만
네 품에 그대로 안겨 있구나
바람이여
네가 지상에 뿌리내리고
길을 내는 동안
나는 그 길로 나가
무슨 일을 하였는가
바람재 한번 넘지 못하고
눈물도 피도 모르는
시 몇 편 따라다녔을 뿐

아직도 눈에 눈멀어
눈 덮인 덕유산으로 눈길 흐른다

일행길

눈 쓸리는 계단, 그 옆에
나란히 놓인 짐승 발자국

태생길인 줄 알고
오르내린 두 길 앞에서
잠시 망설이는 동안
도토리나무와 박달나무 사이로
눈 알갱이 반짝이는 일행길
앞서가는 이들이 꾸욱 다지고 간
일행길 속으로 들어서니
뜨거운 기운이 온몸에 퍼진다

백두산, 덕유산, 육십령, 붉은부리까마귀

영취산 정상에 이르러
일행길은 일행 속으로 사라지고
굽이쳐가는 대간길만 남는다

고사목 옆에

지리산 자락 어디서든
대간길에 접어들면
혹독한 고향 떠나
국경 어슬렁거리는 피붙이들 보이고
뒷골목에서 기어 나오는 옛사람들 보이고
흐려지고 지워지고

눈길을 가로막는
팽목항에 떠 있는 어린 영혼들
산 사람들 숨죽이며 한숨짓고 눈물 흘리며 아우성치고
숨 돌릴 새 없이 잊히는 미래의 영혼들

구간 바뀌는 등날에
정치판 뒤집는 얼굴들 몇 번 중첩되다가
고사목 옆에 단 한 사람,
남명의 매서운 눈빛에
대간길 돌아온다.

3부

흐르는 길 1

초원이 질척거린다.
물웅덩이에 빠진
하늘이 울퉁불퉁하다.

지평선이 고장 난 초침처럼
오르락내리락한다.

흐르는 양 떼와 맞닿은 길
발바닥에서 흰 구름이 올라온다.

흐르는 길 2

멀리 봉긋한 모래언덕 아래
하얀 여름집 하나,
난로에 수태차가 끓고 있었다.
모랫바닥에 점퍼를 깔고 누웠다.

주인이 없어도
크레용 한 다스와
코담배와 생필품을 놓고
오래된 행상이 다녀갔다.

간간 흙먼지가 사막을 훑고 지나갔다.

지평선으로 길게 뻗은 길에서
낙타들이 선 채로 노을빛에 잠겨갔다.
사람인지 쌍봉인지 무엇이 가물거렸다.

어린 염소를 가슴에 품어 안고
누군가 이쪽으로 걸어왔다.
쭈게르, 쭈게르*

온화한 목소리에 쏠리는
먹먹한 사막의 향기,
수 세기가 지나도록
나는 세상모르고 잠들었다.

* 몽골어로 '괜찮다'는 뜻.

고비

그대는 왜 고비로 가고 있는가
바이칼이 아니고 울란우데가 아니고
초원이 바로 사막인
광막한 고비로 영혼도 없이

피 흐르는 대로
울란바토르에 흘러들어
할흐족 사이에서 동네 아저씨들 같은
부리아트인들 스쳐 가며
수흐바타르 광장을 뒤덮는 흙먼지를
맨얼굴에 가슴에 부옇게 붙이고

하루에도 몇 번씩 고비를 맞고 있는가

줄 없는 줄에 서서
온갖 족속 바글대는 검은 시장으로 떠밀려 들어가
담배 몇 갑과 맞바꾼 지도를 들고
바이칼이나 울란우데로 가지 않고
그대는 왜 다시 고비로 가고 있는가

구르는 흙먼지 타고 뜨겁게
고비를 넘으려고?
살아온 진창길 황야로 남기려고?

거기서 길 안 난 길 하나 품어보려고?

홍고린 엘스*

몽골에서 옛 시간으로 갈아타고
일행들이 올라간 곳은 홍고린 엘스.

소년 시절에도 소년이 되는 게 꿈이었고
일흔에도 소년을 꿈꾸는 옛 친구가
신기루에 어리는 오아시스를 향해
차려 자세로 들장미를 노래한다.

흐르는 모래알들이 들장미를 따라 부른다.
모래산에 들장미가 피기 시작한다.

구름 한 점 없고
바람 소리도 들리지 않는데
장밋빛 모래 물결들이
한 옥타브씩 올라가면서 멀어진다.

* 몽골 남고비에 있는 모래사막. 알타이 산맥을 따라 형성된 이 모래
사막은 길이가 180여 km에 이른다. 홍고린 엘스는 '노래하는 사막'
이란 뜻.

초원의 끝

떠나는 이와 남는 이가
작나무* 사이에서 길을 나누는군요.

황야와 지평선과 흰 구름이 오가는군요.

먼 훗날 다시 만나려면
어디서든 푸른 하늘 아래로 나와야겠군요.

* 사막에 자라는 향나무 수종.

게스트하우스

겨울 내내 창가에
구름에 붙어 지냈다.
고독에도 실핏줄이 얽혀 있다.

성긴 눈발 그친 뒤
머리 위로 보그드 산*이 올라온다.
건물 사이에 끼어 있던
겔들 사라지고 그 자리에
돌과 모래만 남아 있다.

겔 지붕에 올라가 눈 쓸어내고
환기창을 닦던 어린아이,
구두 속에 두 손 집어넣고
흙덩이를 털어내던 중년 사내,
기울어진 나무 울타리를 넘어
덜렁 수캐 앞세워
불쑥 돌아오던 아침 해.

(모두들 초원을 향해 달려가고 있을까?)

내 일상을 조금씩 되살려 준 이웃들 사라지고
그쪽에 따가운 볕이 내려앉고 있다.

* 몽골의 수도 울란바토르 시에 있는 성산.

눈발 산책

눈발 사이로
행인들 가랑이 사이로
얼핏 땅바닥에 주저앉은 사람이 보였다.
행인들이 주춤거리다 미소를 지었다.

'1인당 100투그릭'*
노인이 체중계를 놓고 무게를 재고 있었다.

금발의 남녀가 번갈아 체중계를 오르내렸다.
임산부도 길거리 소년도
거짓말같이 몸무게가 같았다.
노인은 흐린 눈금판을 닦으며
눈발이 날리는 동안엔
모두 몸무게가 같다고 했다.

'쎄임, 쎄임'
모두들 눈발을 보며 폭소를 터뜨렸다.

함박눈이 내리고 있었다.

* 한국 돈으로 약 100원.

자작나무숲

금빛 잎새에 취해 숲속으로 들어갔다. 새소리도 흐르지
않았다. 잡목 비집고 들어갈수록 숲속이 텅 비어 있었다.
폭풍이 지나간 자리처럼 자작나무 줄기들이 부러져 있었
다. 하얀 나무 밑동마다 말굽버섯이 찰싹 붙어 수액을 빨
아들이고 있었다. 어디선가 나무 부딪치는 소리가 났다.
탁 하는 소리 들리더니 어깨 위에 나뭇가지가 걸렸다. 금
빛도 잎새도 잊어버리고 숲속을 빠져나왔다.

　　허둥지둥 내디딘 발자국들이
　　온전히 밖으로 나가지 못한 듯
　　몸에서 말발굽 소리 울려온다.

야생의 발자국들

늦대 숲, 쓰러진 채 잔설 덮인 고목들, 밟으면 발목까지 묻혔다.

눈 녹는 소리에 햇살이 반짝거렸다. 지난밤 궁지에 몰렸던 발자국들이 흔적 없이 흩어지고 흔적 없이 나타났다. 작은 발자국에서 솜털 보송보송한 할미꽃 봉오리들이 올라와 노랗게 번져나갔다. 흙탕물 쏟아지는 듯 물소리가 크게 울렸다. 산허리쯤에서 눈나무들은 눈발 날리며 산 아래로 내려가고 숲속에는 흐릿한 솔향기, 먼 곳에서는 바람이 불 때마다 사라진 늦대들이 다시 한번 뜨겁게 달려나갔다. 솔향기 묻어오는 능선엔 얼어붙은 발자국만 얼어 있었다.

바위굴에서 소리 없이 멀어지는 발자국들
방향 잃고 뒤처진 채 달려가다
눈더미에 이글이글 스미는 발자국들

황야가 보이기 시작했다.

흙먼지 구불거리는 지평선

그 위에 질풍 같은 야생 구름 발자국들

야생말들이 툭 툭 얼음장을 두드린다

광활한 초원 끝에 뭉쳐진 능선을
한 올 한 올 감아오는 긴 산줄기들

눈 녹은 물 다시 얼어붙은
호스태 산맥 너른 개활지엔
엷은 갈색에 붉은빛 감도는
야생말*들이 모여 있다.

숨은 동굴벽화나 바위그림에서
지금 막 달려 나오는 듯
숨 고르는 듯
흰 구름 조각 같은
얼음장 위에 서성이는 야생말들

짧은 목 짧은 다리
검은 갈기 검은 꼬리

가까이 다가가도 야생말들은
달아나지 않는다.

고요히 눈 마주치고
긴 귀 쫑긋거리다가
툭 툭 얼음장을 깨고 물을 마신다.

고개 너머 메마른 초원에는 가축말들이
회오리 먼지를 일으키며
물길을 찾아 몰려다니고.

소년은 올리아스에서 왔습니다

얼음 속의 푸른빛에 이끌려
한 소년이 톨 강*으로 들어갑니다.
조금씩 바지를 걷어 올리다가
그냥 첨벙첨벙 물을 건넙니다.

소년이 들여다볼수록
얼음은 한결 투명해지고
얼음이 얼음 속으로 내려갑니다.
속속들이 푸른빛을 띠고
얼음 속에서 얼음이 올라옵니다.

올리아스 잎새들이
소년의 눈빛으로 푸르러지는 날
강을 건너온 소년이 나에게 다가옵니다.

어디서 오셨어요?
솔롱고스**
넌 어디서?
소년은 강 건너 높은 올리아스*** 숲 쪽을 가리키며 초원을 달려갑니다.

　그리운 올리아스
　바람이 불면 잎새마다 바람소리 흔들어 아이들의 숨길
을 불러내는 곳.

지평선 밑에 숨겨둔 소년

흙가루 날리는 길거리 식당에서
호쇼르*와 부즈**를 놓고 망설이는데
시끄럽게 왕파리가 날아다녔다.
부즈는 어떠냐고, 금방 나왔다고
청년이 수줍게 말했다.
낯익었다.

나무란 나무는
꼭대기까지 다 올라가보던 소년,
영하 35도, 맨홀 속으로 들어가
온수 파이프 옆에 쪼그리고 앉아
마른 빵을 잘라 먹던 소년,
한국에 가고 싶다고 언제 돌아가냐고 묻던 소년,
맨홀 뚜껑을 쾅 하고 닫던 떠돌이 소년,
몽골을 떠난 뒤에도 꿈속까지 흔들던 그 울림.

청년은 말없이 창밖을 내다보고 있었다. 차가 지날 때
마다 흙먼지가 창을 뿌옇게 덮었다. 보기만 해도 목이 메
었다. 옛 기억을 다 덮어버린 것일까? 한국에서 무슨 일

이 있었던 것일까? 나는 서둘러 어두워진 시간을 빠져나
왔다. 황야, 지평선이 머리 위까지 올라와 있었다.

* 몽골의 전통 음식. 튀김만두.
** 몽골의 전통 음식. 찐만두.

따뜻한 영혼
—갈상* 1

건널목 저편에서 손 크게 흔들고
틈샛길로 사라지던 당신,
어디서든 우연히 만난 이와 이야기하고
전화번호를 적고 깊은 손 흔들던 당신,
오가는 곳 어딘지 몰라도
당신이 떠난 자리에는
흰 구름과 물소리와 바람 소리가 스쳤습니다.

지난해 여름
출입이 불편한 졸로 씨네 슈퍼였던가요?
할힌골 전투 생존자를 보고 싶다고 하자
할힌골 솜에는 90세 넘은 몽골인 두 사람이 남아 있
지만
말도 못하고 사람도 알아보지 못한다며
바바리코트 안주머니에서
이름 빼곡히 들어찬
모서리 닳고 닳은 수첩을 꺼내어
한 장 한 장 넘기던 당신,

길 잃은 초원길에서 외딴 겔로 들어가
길을 묻고는 오오 하고 웃음을 날리던 그 손에 침을 묻
혀
수첩 마지막 장까지 넘기며
90세, 93세, 95세
울란바토르에는 모두 러시아인뿐이군요, 하면서
먼 곳을 바라보던 당신,
당신이 바라본 곳이
바로 그 먼 곳이었군요.

첫눈이 흩날리는 날, 당신이 가던 그 틈샛길을 지나 나
도 그 먼 곳을 바라봅니다. 당신이 손을 흔들 때마다 눈발
이 쏟아집니다. 가슴이 따뜻해지는군요. 사는 곳 달랐어
도 부리아트, 우리가 가는 길은 한길이었군요.

온종일 같은 길을 걸었습니다, 틈샛길로

* 갈상은 몽골 울란바토르 대학교 몽골 민속학 연구소장. 한·몽 역사
유적 답사에 큰 공헌을 했는데 돌연사함.

라샹 바위를 지나다
—갈상 2

라샹 바위*에는
붉은 염료만 남은 그림 아래
말 도장과 파스타 문자

눈에 좋다는 라샹 물방울은
아직도 온 힘 기울여 맺혀 있다.

네모무덤 춤추는 여자를 찾아 빈데르 산에 오르다 중턱
까지 한참 앞서 오르다 갈상을 생각했다. 언제나 한발 물
러나 있던 갈상, 사진 찍을 때나 웃을 때나 뒷줄에 물러서
서 일행들이 다 웃고 난 뒤 마무리하듯 미소를 남기던 갈
상, 그가 태어난 봄바트는 호수가 있던 자리에서 얼마나
더 가야 하는지, 연둣빛 초원을 가로지르는 홀흐 강, 그
끝에 빛이 드는 오논 강

그 옛날 호수에서 걸어 나와
수없이 말 도장을 새긴 사람과
아름답게 코뿔소를 새긴 사람은
같은 부족 같은 사람이었을까?

발길에 차이는 차히오르 하나 주워
빈데르 산 바위굴에 들어갔다.
구석기 시대에서 올라오는 갈상을 생각했다.

(바위수첩, 바위책, 바위서고
바위 한 장에 추모시를 쓰고 싶었다.)

잘 가시오, 갈상
노란 야생화 사이에서
무슨 훈기 같은 게 다가왔다.

* 빈데르 산(헨티 아이막 비트시레트 솜) 산기슭에 있는 약수 바위. 이
바위에는 구석기 시대부터 중세에 이르기까지 동물, 타마그(말 도장),
춤추는 샤먼 등 온갖 그림들과 터키어, 한자, 파스타(몽골 고대 문자)
등 수많은 문자들이 남아 있다. 산중턱에서는 네모무덤, 사슴돌, 차히
오르(바위그림 새길 때 사용된 돌) 등도 보인다. 이 바위그림이 중요
한 것은 몽골의 구석기 시대 그림이 알타이 산맥 일대에서만 발견되는
것이 아니라 몽골의 중부 헨티 산맥 일대에서도 발견되기 때문이다.

아무데서나 구름을 깔고 앉아

끝없는 평원*을 가로막는 막대기 하나
'당신은 신분증을 검문받으십시오'

국경 경비대 검문소에 여권을 내고
면회소에 붙은 가게로 들어갔다.
젊은 애엄마가 막 교대한 초병에게
가족사진 한 장을 보여준다.
초병은 고개를 흔든다.
잘못 찾아온 것일까?
아니면 오늘 중으로는 만날 수 없다는 것일까?

곌도 양 떼도 없이
하늘만 가득한 최전방 초원길,
어디서 어디로 가는 차들인지
어느새 차들이 늘어서 있다.

하루 종일 지평선을 넘어온 사람들이
하나둘 쏟아져 나와
아무데서나 구름을 깔고 앉아 이야기를 한다.

구름이 흐르는 것도 잊어버리고
길이 불붙는 것도 잊어버리고

* 원래 지명은 메넝 평원이지만 별칭으로 '끝없는 평원'이라 한다. 이
평원의 끝에 주몽이 성읍했다는 흘승골이 있다. 흘승골은 지금의 할
흐 강(할힌골)인데 이 지역에서 1939년 5월부터 8월까지 할힌골 전
투가 일어났다. 할힌골 전투(노몬한 전투)는 몽골과 만주국의 국경 지
대인 할흐 강 유역에서 소련군·몽골군과 일본 관동군·만주국군 사이
에 벌어진 전투를 말한다. 관동군에 강제 징용된 한국인들은 군수 물
자를 수송했다고 한다.

대륙종단열차

중국대사관 앞에는 시위 끊이지 않고
모래폭풍을 뚫고 오는 외마디 기적 소리.

흐린 유리창에 뺨 붙인 채
초점 없이 먼 곳을 바라보는 이들
옆얼굴이 옆얼굴을 지우며 스쳐 간다.
아무도 손 흔들지 않고
아무도 보지 않는다.

대륙종단열차 꽁무니에 매달려 오던
해가 허공으로 뚝 떨어져나간다.

몽골 초원의 울림을 향해
앞서가던 몸과 질질 끌려가던 마음이
뒤바뀌고 있다. 불안해진다.
열차가 사라진 뒤에도 침목이 흔들린다.
대륙이 덜커덩거린다.

하다,* 머르겐,** 하다, 머르겐,

* 중국 네이멍구 몽골족 인권을 존중해달라고 요구하다 15년 복역한 반체제 인사.

** 최근 중국 네이멍구 광산 개발로 인한 소음과 분진, 그리고 초원 파괴에 항의하다 한족 트럭에 치여 죽은 유목민. 이 사건으로 촉발된 반정부 시위 사태는 티베트 라싸의 3·14 사건이나 위구르족 우루무치의 7·5 사건과 비교되기도 한다.

4부

유속 1

협곡을 끼고
인더스 강을 거슬러 오른다.

바위그림과 흙먼지와 출렁다리
벼랑과 급류와 진흙탕 물빛

빙하의 물 치닫는 곳에서는
숨결 고르지 않아도
온몸이 유속으로 흐른다.

유속 2

모래산
바위산
잿빛 형체만 남은 고산들
조금씩 멀어지다 희끗희끗
설산으로 바뀌어가고

산능선 안부 가까이
초원이 빛난다.
그 한가운데
깨알만 한 움막집에서
실낱같은 길 하나
급경사를 타고 내려온다.
누군가 그 길을 감고 감아
급류를 퍼 올리고
그 급류에 뿌리내린
물기 생생한 고산의 초록빛

먼지 날리는 산사막과
맨발의 아이들

인더스 강 상류로 올라갈수록
협곡 넓어지고 나눠지고
비유는 물거품 속에 휩쓸린다.
안 보이는 것을 들으려고
여름에서 가을로
눈에서 심장으로
그대를 움직여가는 생각도
메마른 진흙덩이만 남는다.

타토의 아이들

짚차 운전수는 기어를 틀어넣고
한가하게 벼랑길을 달린다.
사방으로 두 손 휘저어
왕파리 잡고 성냥불 피우고
고개 돌려 미소 짓는다,
모두들 천길 벼랑으로 떨어지다가
간신히 기어오른다.

돌 층층이 쌓아 올린 오버행 길 돌아 나오자 찻길 낮아
지고 고도만 남는다. 타토,* 해발 2600미터, 흔들리는 물
돌 건너니 헐벗은 마을도 아득해지는 디아미르** 사진들,
그 북사면 밑에 모음자음 뒤엉킨 한글 낙서들, 아이들이
우르르 조랑말을 끌고 몰려든다. 북사면을 보려면 요정의
초원***까지 말 타고 올라가란다.

만년설이 키우는 아이들, 하루에도 몇 번 고산을 오르
내리는 아이들, 동화도 요정도 모르지만 산늪과 초원에
불려가는 촉촉한 눈빛들,

조용히 뒤따라오던 아이들이

말을 타고 먼저 산을 오른다.
아이들 몸에 잠겨 있던 산자락들이
능선을 이루어 올라간다.

아이들과 멀어질수록
눈앞에 땅만 보인다.

* 타토(Thatto)는 낭가파르바트 베이스캠프(3,967m)로 가는 길에 있는 마지막 마을. 1953년 낭가파르바트 독일 원정대가 이 마을을 거쳐 베이스캠프로 올라갔다.
** 낭가파르바트는 카슈미르어로 '벌거숭이 산'이란 뜻인데, 잠무카슈미르 지방에서는 디아미르(산 중의 왕)라 부른다.
*** 페어리메도우(Fairy Meadows). 해발 3,306m에 자리 잡은 산상초원. 부근에 여름 방목지가 있고 전나무, 향나무, 히말라야 삼나무 등이 우거진 원시림과 산늪이 있다. 초원에는 에델바이스 같은 고산 식물들이 자란다.

페어리메도우 1

인스브루크에서 왔다는 금발노인이 숲과 초원의 경계에 가족 텐트를 치고 슬며시 들어간다. 한동안 부드러운 말소리 끝에 쉿, 쉿 소리 흘러나오다 그치고 샛노란 아이들이 쏟아져 나온다. 구릉부터 점점이 샛노랗게 물든다. 납작하게 엎드린 에델바이스 꽃술에도 살짝 노란 물이 든다.

길 잃은 당나귀 앞세워
여름 목장으로 가던 소년도 주춤거린다.
수런대는 아이들을 따라 늪으로 내려간다.

'어딜 가니?'
소년이 묻는다.
'요정 보러!'
아이들이 입만 벌려 소리 없이 대답하고
일제히 파미르 순례자들 틈으로 끼어든다.

순례자들은 아이들 사이에 피어난 보랏빛 야생화에 홀려간다. 요 별꽃들 좀 봐, 구절초 옆에 백조자리 은하수

처럼 은은히 떠오르는 별꽃들, 무슨 별이지? 무슨 별이지? 머리 부분은 3등성 알비레오 별꽃? 아, 그때 세계의 지붕에 앉아 무엇을 들으려 했었지? 희미한 천체 속으로 한없이 흘려 들어가다 순례자들은 하나씩 처녀애 목소리로 바뀌어간다.

'봤지? 야생화에 숨어 있던 요정이 몰래 목소리를 바꿔 놓은 거야. 나중엔 모두 꿈꾸는 아이들이 될 거야.'

눈 끔벅이는 아이가 텐트 쪽을 보면서 멋쩍게 웃으며 말한다.

'요 동네 요정은 착한 요정이래. 사람한테 홀리면 사랑하기도 한대.'

노랑머리 아이가 속삭이듯 말한다.

아이들이 우우우 숲속으로 들어간다. 늪 주위는 고요해진다. 순례자도 처녀애도 보이지 않는다. 소년이 아무리 소리쳐도 발자국 하나 돌아오지 않는다. 돌아 나오는 길을 잊은 것일까? 쿠르릉 쿵, 빙하 속을 울리는 물소리에 취한 것일까?

원시림 위로 설산 떠오르고 아이들이 바람을 몰고 다

시 돌아온다. 바람 앞머리에서 영영 사라진 소리들이 되울린다. 풋풋한 소년의 목소리 되울리기 시작하자 아른아른 실려오는 향긋한 목소리들, 그 뒤에 붙어오는 파미르, 파미르, 고원에 떠다니는 흰 구름 그림자!

　소년이 씽긋 웃으며 당나귀와 나란히 구릉을 넘어간다.

페어리메도우 2

눈앞은 초록빛, 귓속은 풀벌레 소리, 볕뉠이 내릴수록
냉기는 뼛속으로 스민다. 누가 문을 두드린다. 문을 열자
길을 잊은 듯 웬 노인이 고개 한번 숙이고 누군가를 부른
다. 둔덕 위의 오두막에서 젊은 부부가 튀어나온다. 묻지
도 않았는데 아버님 나이가 일흔넷이고 페어리메도우가
소원이라 모셔 왔단다. 카슈미르에서 페어리메도우까지?
설산이 아니고 초원을? 노인은 조심스레 다가와 환하게
웃는다. 얼굴 가득 주름 잡히는 웃음, 쉴 새 없이 분쟁에
시달린 사람은 누구나 극지의 초원을 그리워하게 될까?

구름 그림자 몇 번
인기척 지우다 가고

눈안개 걷히면서 대칭을 이루는
삼각형 낭가파르바트와
원뿔형 히말라야 전나무숲

그 사이, 얼핏 마주치는
무슬림 부자의 온화한 눈에서

막, 한 아이가 초원으로 굴러 나온다.

막, 구르는 저 눈부신 초원의 빛!

낭가파르바트 밑에서 1

빙하 끝은 모레인 지대
얼음에 진흙물에 돌 구르는 소리

도처에서 온 산악인들 설선을 넘어가고
나는 산자락을 끌고 침낭 속으로 들어간다.
설선이 발바닥에서 머리끝까지 오르내린다.
오르내릴 때마다 땅기운이 빠져나간다.

눈발이 날린다, 설선에
머메리가 왔다 간다.
마제노패스를 넘어
클린마운틴 원정대를 이끌고
한왕용*이 왔다 간다.

고소가 온다.
밤새 눈사태 이는 고소에 올라
산 아래의 기억을 지운다.
발밑에서 벼랑이 올라온다.
낭가파르바트가 올라온다.

사방에서 매운 내가 난다.

* 히말라야 8,000m 이상 14개봉을 완등한 등반가. 클린마운틴 원정
대를 이끌고 히말라야에 버려진 장비들을 수거했다.

낭가파르바트 밑에서 2

매리 설산, 카일라스, 마차푸차레
오를 수 없는 성산들 잊어버린 채
어느새 노인에 이르렀다.
두 발로 보고 듣고 생각하고
두 발로 무슨 시를 써왔는가?

두 발 맥없이 멈춘 곳에 불쑥 다가오는 메마른 빙하, 시
원에서 물 한 잎 물고 오는 검푸른 얼음새들, 어디선가 푸
르릉 날갯소리 울린다. 물기 없이 빙퇴석이 젖어든다. 눈
사태, 눈사태, 꼿꼿이 서 있어도 배낭이 기운다, 텅텅 빈
몸속에서는 숨은 해와 비아그라 달그락거리고 챙 없는 모
자에 하얗게 달라붙는 소금기, 굳은 발바닥을 쿡쿡 찌르
는 돌덩어리와 열기만 남은 욕망들.

두 발 디딜 수 없는 곳에서
온몸으로 보고 듣고 생각하다
운무 속에 묻어나는 낭가파르바트에
온통 숨이 막힌다.
두 발로, 언어로 쓰지 않고

낭가파르바트로 시를 쓴
온몸의 시인 헤르만 불*을
나도 모르게 아득히 바라본다.

성산을 돌고 온 듯
내가 사라진다.

* 헤르만 불(Hermann Buhl, 1924~1957)은 오스트리아 인스브
루크에서 태어나 알프스의 난벽과 난봉들을 오르며 등반 수련을 하였
다. 1953년 헤를리히 코퍼가 이끄는 독일-오스트리아 합동 낭가파르
바트(8,126m) 원정대에 참가하여 단독으로 등정, 8,000m 최초의
단독 초등자가 되었다. 그 후 1957년 브로드피크(8,047m)를 초등
한 뒤 딤베르거와 초골리사에 도전하였다가 폭풍설과 눈안개 속에 철
수하던 중 눈 처마 붕괴로 추락사했다.

북사면
—낭가파르바트 밑에서 3

산 넘고 빙하 건너 멀리 가보았지만
아무도 만난 사람이 없다.
무슨 일로 떠돌았는지 기억이 없다.
내게서 멀리 나갈수록
내게도 그 누구에게도 돌아가지 못했다.

남면 눈사태 그친 뒤
북사면에 몰아치는 후폭풍

사람 사이
먼 길 흔적 없다.

헤르만 불

헤르만 불은
지평선에서 오는 마지막 빛으로
낭가파르바트 정상에 올라
만년설에 피켈을 꽂았다.
1953년 7월 3일 7시

지평선에서 오는 마지막 빛으로
현장 증명사진을 찍고
혹독한 어둠 속에서
급사면을 내려오다 비박,
낭떠러지에 기대어 선 채
수수께끼 같은 그림자들에게
끝없이 말을 걸었다.

졸음이 와, 저절로 눈이 감겨, 몸은 얼어붙는데 내가 보
이질 않아, 여기가 어디지? 확보용 자일도 없이 암벽에 붙
어 있다니! 여기가 8000미터 고도라고?

별하늘을 봐. 어둠이 환해지지? 큰곰자리와 북극성을
찾아봐. 곧 동이 틀 거야, 저 멀리 힌두쿠쉬와 카라코람

산맥이 보이고 라키오트 빙하 끝에 초원도 보일 거야. 타
토 쪽으로 흘러가는 물줄기도 하얗게 보일 거야. 인더스
강줄기들은 은갈치 비늘처럼 반짝이겠지? 숨소리도 부드
러워질 거야. 잠들면 안 돼, 조금, 조금, 더, 힘을 내, 티롤
을 생각해봐, 꿈꾸던 나이에 어디 있었는지. 티롤을 생각
해봐, 푸른 빙벽을 타며 무슨 꿈을 꾸었는지, 이제 그 꿈
한가운데에 있는 거야. 마침내 인간의 한계를 넘은 거야.
어둠을 가르고 지평선이 떠오르고 있어.

헤르만 불은 혼잣말을 하다가
눈 처마 옆에 누가 있는 듯
슬며시 말 건네며
빙벽과 설원과 검은 점
환청과 환각 사이에 길을 내며
스틱 두 개와 아이젠 한 짝으로
죽음의 지대를 벗어났다.

산 중의 왕, 낭가파르바트
헤르만 불이 사투 끝에

정상에서 가져온 것은
금빛 왕관이 아니고
절대고독에 도전한
얼음 낀 대기의 얼굴과
우주의 맥이 뛰는 심장과
아내에게 줄
만년설이 품은 돌 하나.

파미르고원에서

톱날 능선 스러지고
품 안에 드는 눈봉우리들

마침내 파미르에 왔습니다. 쿤자랍패스*를 오른 국경버스가 황황히 떠나는 고원 사막은 춥고 빙하와 구름만 흐릅니다. 일 년 내내 눈발 날리는 이곳은 지상에서 가장 높은 국경, 그냥 머무는 곳이 아니고 다시 살기 위해 오르고 다시 살기 위해 넘어가야 하는 곳입니다. 흙가루를 뒤집어쓰고 양 떼도 제 초원을 찾아가고 있습니다.

언제나 한 번도 가보지 않은 곳을 고향으로 여기고 그곳에서 살다 가신 아버지, 아버지의 파미르는 카라쿨 호쪽인가요? 아니면 천산천지 혹은 이식쿨 호 그 어느 쪽인가요? 거기서는 갈등 없이 우주의 파동을 타고 살 수 있나요? 아버지의 상상 행적을 더듬다 보니 대류권에 들어온 듯 제 몸속으로 아버지가 들어오십니다. 구릉에 덮인 은백색 눈, 둥근 이마에 서리던 뜨거운 숭늉김, 할머니가 저 몰래 주신 밀빵을 제 주머니에 찔러 넣고 앞서가시던 아버지, 펄럭이는 옷자락과 산자락을 지우며 눈안개 속으로 사라졌다가 불쑥 파미르에서 내려오시던 아버지, 그곳이 한평생 할머니가 받들어 모신 마고성은 아니었겠지요? 아버지의 유품엔 4341만 남아 있더군요. 그 단기연호가 파미르로 들어가는 암호는 아니었겠지요?

고향을 그리워한 혜초 스님은 와칸 회랑을 지나 파미르를 넘었어도 끝내 계림으로 돌아가지 못했지만 아버지는 칠갑산 양지바른 곳에 돌아와 계십니다. 그날 우리 형제들은 유언하신 대로 가묘 봉분 꼭대기에 아버지의 혼을 모셨습니다. 꾀꼬리봉과 마주하는 곳, 아버지가 명당이라고 지목하신 바로 그 자립니다. 그 옆 가묘는 그대로 비워두었습니다. 답답하시면 그 옆으로 나 앉으시지요. 바람 불지 않아도 새소리에 실려 솔향기 솔솔 퍼집니다.

여길 떠나면 아버지처럼 저도 눈안개 속으로 한동안 사라졌다가 파미르에서 내려오겠지요. 아버지 앞에 불쑥 나타나 파미르 소식을 전해드리겠지요. 파미르는 외계라고, 지유**도 없고, 말하기도 웃기도 숨 쉬기도 어려운 곳이라고. 이제 고원 사막을 넘어 칠갑산 우리 곁에 아주 머무셨으면 좋겠습니다. 아버지, 그리운 아버지.

* 쿤자랍패스(Khunjerab Pass)는 카라코람 하이웨이 중 가장 높은 고개. 해발 4,693m 정상에서 파키스탄과 중국이 국경을 이룬다.
** 신라 19대 눌지왕 때의 충신 박제상의 『징심록(澄心錄)』「부도지(符都誌)」는 인류 탄생 신화를 밝히고 있는데 이에 의하면 한민족은 파미르고원 마고성에서 왔고 거기서는 지유(地乳)를 먹었다고 한다.

바이칼 샤먼의 집

바이칼 호수로 가는 길목

옐란치 마을 삼거리 회색 건물에
검은 페인트로 휘갈겨 쓴 대형 낙서, "빅토르 최!"
술 취한 젊은 애들이 빅토르를 외치며 간다.

그 맞은편은 치열하게
낙서 높이만큼 차오르는 담장
그 안쪽에
한국 시골집같이 납작한 샤먼 발렌친의 집

햇볕은 고요히 텃밭에 붙어 있고
아무렇게 꽂혀 있는
낡은 삽자루에 기대어
빨갛게 익어가는 산딸기와 방울토마토

감자꽃에 한참 쉬었다 찰랑이는 물결나비를 보고
누군가 소리친다,
'저기 빅토르 최의 영혼이 왔다 가네'

바이칼 물결 소리 뜨겁게 몸속에 울린다.

얼음사막 1

무슨 일로 예까지 시집을 끌고 왔는가. 아직도 시가 생을 지탱하고 있는가. 아무리 읽어도 시 한 줄 들어오지 않는다. 휘이잉 어둠을 몰아치는 눈보라 소리만 울려온다.

눈폭풍 그치자 마른 눈송이들 빙평선으로 돌아가고 돌연 실상보다 무거운 기억 몇 개 발길에 차인다. 얼음빛이 눈을 찌른다.

영하 44도, 45도
공포가 허공으로 바뀌어간다.

체온이 돌지 않는 생각은
금시 얼음꽃이 맺힌다.

얼음사막 2

소설가가 되겠다고
지구의 최북단까지 온 젊은이는
난민 친구들과 포커를 하고 돌아와
인생은 포커에서 시작된다고 한다.

포커도 인생도 모르는 나는
찢어지는 폭풍 끝자락에 매달려
날이 새기를 기다린다.

뼛속 깊이 박힌 얼음 어둠
눈도 얼어붙는다.

그냥 살아 있을 뿐
내가 누구인지 생각나지 않는다.

빙원의 끝

—아내에게

눈과 얼음과 눈보라
순록 떼가 지나간다.

나도 나를 다 거느리고 얼음사막을 떠날 때가 되었다.
빙원 끝에 하얗게 한 사람이 어린다. 나를 무한히 풀어주
고 무한히 기다리는 사람, 나 대신 얼어 있고 꿈꾸고 눈
물 흘리는 사람, 내 안에서 밖으로 나갔다가 조용히 돌
아와 잠드는 사람, 가만히 품고 있으면 고른 숨결 소리
만 남는 사람,

그 숨결로 가고 싶다. 그 사람을 처음 만났을 때 그 숨
결로 안에서 밖으로 나왔다가 환하게 되돌아갔던 것처럼

부다페스트

호수를 건너 월요일
평원을 지나 화요일
부다를 지나 페스트에 오던 수요일의 여인

전후 폐허가 된 뒷골목에서
처음 그녀의 영혼을 스쳤다고

한 사내가 고백하듯 기타를 치고 있었다.
반바지에 헐렁한 티셔츠를 입고
사랑한다는 말 한마디 없이
일주일째 오지 않는 여인을 기다리며
작은 술집 늘어선 골목 초입에서
한 사내가 육성보다 낮게 기타를 치고 있었다.

눈빛은 눈빛에 빛나고
영혼은 영혼에 빛나고

한 사내가 잔잔한 얼굴에 미소만 남기고
제 리듬에 홀려 기타를 치고 있었다.

그녀가 오지 않아도
그녀의 영혼으로 기타를 치는지
탄흔이 튀는 뒷골목 모퉁이로
노란 유채 꽃잎이 흩날리고 있었다.

극지 일기

1·21 사태가 일어나고 이틀 후 푸에블로 호가 나포되던 1968년,
그해 3월 1일 나는 소위(학훈단 6기)로 임관되어 전방에 배치되었다.
그 이듬해 3월부터 10월까지 최전방 GP에서 복무했다.

1969년 3월 22일 토요일, 해

철커덕 철문 닫히는 소리에 해가 뚝 떨어진다. 캄캄해진다. 첨병이 완수신호(腕手信號)를 보낸다. 찬 공기 사이사이 앞사람에 찰싹 붙어 숨죽여 내디딘다. 산모퉁이 돌아 하늘 트이는 공제선, 발걸음 빨라진다. 북쪽 스피커에선 행진곡 스러지고 도발적인 목소리 산을 울린다. 정지, 암구호 주고받는 낮은 목소리. 약속된 반환점인 듯 철책 병력 돌아가고 GP 병력 앞서간다. 행진곡 가까이 울리면서 희부연 골안개가 능선을 넘나든다. 누구인가, 발 헛디딜 때마다 허공이 출렁거린다. 정지, 추진 초소 앞에서 다시 주고받는 숨 막히는 암구호 소리, 소리 없이 GP 문이 열린다. 바람이 불고 있었는지 태극기와 유엔기 펄럭거린다.

1969년 3월 23일 일요일, 해

산병호(散兵壕)에서 보초들이 돌아온다. 분계선에는 강이 흐르고 물에 비치는 검은 산 능선과 푸른 하늘과 흰 모래밭. 사선에 걸려 있는 구름과 물오리 떼. 누가 어깨를 툭 친다. GP장 임형주 소위. '문학 하신다구요. 여기선 어렵습니다. 나중엔 좋은 체험이 되겠지만.' 그는 무슨 말을 하려다 멈칫하

며 구름과 물오리 떼 사이에 인수인계서를 펼쳐놓는다. 하나
하나 점검해보란다. 북쪽 배치도, 추진관측소, 지뢰지대, 화집
점, 취사장에는 빗물통 흔들어 씻는 소리. 취침호에는 훈훈한
냉기와 코 고는 소리.

1969년 4월 2일 수요일, 해

군진수칙 일부만 복창하고 초소로 투입되는 신구 병사들,

상황실에 들어온 전통(傳通)을 읽고 어두워지는 임 소위,
철수준비에 합동근무에 마음의 그늘까지?
눈을 비비며 다시 환하게 표정을 감추는 임 소위.

밖에는 이미자의 노래 '사랑했는데'에 이어
패티김의 '카사 비앙카(언덕 위의 하얀 집)'가 강을 넘고
있다.

극지에 온 것 같은 하루.

1969년 4월 5일 토요일, 해

김 중사와 지뢰지대 인계인수를 했다. GP 일대와 골짜기를 둘러보고 그가 매복하다 매설한 지뢰지대에 들어섰다. 순간, 쾅쾅쾅, 김 중사가 허공에 떠올랐다 떨어지면서 지뢰가 연발로 터졌다. 김 중사는 지뢰밭 한가운데 엎어져 움직이지 않았다. 나는 흙덩이를 뒤집어쓰고 그대로 엎어져 있었다. 임시 GP장으로 따라왔던 박 소위가 시신 수습하러 한 발 옮기는 순간 다시 지뢰가 터졌다. 박 소위를 몇 걸음 옮겨놓고 어깨로 부축한 채 나는 멍하니 서 있었다. 그의 워커 뒤축이 떨어져 나가고 발뒤꿈치가 뭉개져 있었다. 그는 담담하게 '여기서 끝이군요, 감각이 없네요' 하며 하얗게 웃었다. 그를 들것에 실어 보내고 나는 다시 지뢰밭으로 돌아왔다. 정신 차리려고 몇 번 심호흡을 했다. 아무 생각도 나지 않았다. 지뢰 터진 자리든 아니든 확인, 확인하고 대검으로 더듬어 나가다 지뢰 터진 곳에서 지뢰 세 발을 제거한 뒤 김 중사를 들쳐 업고 나왔다. 팔은 덜렁거렸고 발뒤꿈치는 사방으로 갈라진 채 흰 뼈가 드러났고 파열된 가슴에선 피가 쏟아졌다. 다시 강 소위, GP장 대리근무 하러 GP에 들어왔다. 나는 여기서 온전히 살아나갈 수 있을까?

1969년 4월 6일 일요일, 눈보라

전 GP장 육사 출신 하 소위, AIU 요원을 군사분계선까지 호송하다 절벽에서 떨어져 후송.* 전 GP장 육사 출신 임 소위, 안전사고로 창자가 터져 후송. 임시 GP장 박 소위, 어제 내 옆에서 대인지뢰 밟고 발목이 떨어져 후송. 선임하사 즉사.
위험수당 GP 60원, KP 40원.
하루 종일 눈보라가 그치지 않는다.

1969년 4월 14일 월요일, 비, 안개

새벽 3시, 6초소에서 신호가 왔다.
새벽 4시, 7초소에서 신호가 왔다.

어디서 누구와 접선하고
어디서 올라오는 안개인가,

사람 냄새와

* 인계인수 당시(3월 23일) 임형주 소위가 한 말. 후에 하 소위한테 물어보니 기억나지 않는다고 했다.

사람 인기척을 내는 밤안개.

1969년 4월 25일 금요일, 비

엔진오일이 떨어졌다. 5일째 방송 중단, 북쪽도 무슨 일인
지 잠시 행진곡을 멈췄다. 도로정찰조가 빗줄기 속에 압맥 한
가마, 콩나물 한 가마, 두부 열댓 모 지고 왔다. 중대장이 거
절한 부식도 표 중사가 본부와 뒷거래하여 포대에 숨겨 왔다.
한밤에 맑아지는 하늘, 누가 몰래 항고*에 라면을 끓이고 있
다. 밤하늘도 향기롭다.

1969년 4월 27일 일요일, 해

지형이 조금씩 바뀌고 있다. 산과 산 사이 가까워지고 나와
나 사이 멀어지고 있다. 자세히 보면 그대로인데 무언가 달
라져 있다. 불안하다. GP가 생기를 띠고 있는 것일까. 마음
이 자리를 옮기고 있는 것일까. 여기서 마음이 자리 잡는 곳
은 안쪽인가 바깥쪽인가. 무얼 해도 집중되지 않는 밤, 비워둔

* 군용 반합

무개호 확인 중 후다닥 튀는 소리와 함께 조명지뢰 폭발, 환한 불빛 아래 노루 한 마리 달아나다 멈칫 서 있다. 서늘하다.

1969년 5월 2일 금요일, 해

10시, 표 중사에게 GP 맡기고 분계선으로 내려갔다. 흰 모래, 푸른 물결, 바람이 불었다. 갈대가 휘어질 때마다 복사꽃이 사방에서 눈부시게 폭발했다. 흩날리는 꽃잎이 파편처럼 얼굴을 스쳤다. 날아오는 꽃잎 피하다 움푹한 모래턱에 고꾸라졌다, 탕, 내 오발 총소리에 무엇이 휙 지나갔다. 짐승이었을까? 무엇이 나를 지켜본 것일까? 갈대밭 속에 잠복해 있다가 안개 따라 GP로 올라왔다. 16시, GP장 행적이 묘연하다고 상부에 보고한 영일이를 데리고 다시 분계선으로 내려갔다. 영일이는 따라오면서 내내 그만 돌아가자고 했다. 강에 이르러 발 닦고 세수하고 머리 감고 머리 박고 물을 마셨다. 물고기들이 정강이를 툭, 툭 건드리고 갔다. 누치, 쏘가리, 금강모치. 슬쩍 돌 틈으로 들어가는 참종개, 퉁가리, 분홍 무늬 밀어, 수초 사이 저건 뭐더라, 내려다보면 피라미 같고 옆에서 보면 붕어 같은 저 수상한 물고기, 아, 납자루, 여기도 말조개가 있는가? 물결은 잔잔했고 영일이는 맑게 웃었다. 돌아오는 길에 큰 바위 밑에서 소형 보트와 잠수복과 장갑을 발견했지만 그것들이 사라지지 않는 한 함께 보고하지 않기로 했다.

1969년 5월 4일 일요일, 비

북쪽 먼 하늘에 소나기구름. 천둥이 굴러온다. 천둥 여운같이 들리던 발전기 돌아가는 소리, 점점 흐려진다. 양쪽 방송을 가만히 귀 기울여 보면 북쪽은 적색 제국주의자들의 앞잡이, 남쪽은 미 제국주의자들의 앞잡이.

우린 서로 앞잡이끼리 비무장지대에서 완전무장하고 총을 겨누고 있다. 이념을 가져도 버려도 민족의 적. 국가가 무엇인지도 모르고 적을 인수받아 밤낮으로 적을 향해 심리전을 펼치는 남북 GP들. 방송이 끝나도 오늘은 유난히 벙커가 으르렁거린다.

1969년 5월 7일 수요일, 해

15시 30분, 별판을 가린 짚차가 들어왔다. 사단장은 내리자마자 나를 불렀다. 첫 음성은 친근하고 부드러웠다.

'대철이는 운동 안 하는 모양이지? 말랐군그래. 이곳이 제일 험하고 위태로워 늘 걱정이 된다. 요즘 뭐 이렇다 할 사항이 있나? 최근 관측된 게 있으면 간단히 말해봐' 하면서 그는 씩 웃었다. 그러고는 포대경 한번 보고는 관측소 밖으로 나와 '나, 이재전이 왔다, 야, 이 개새끼들아!' 하고 고함쳤다. 그의 음성에는 핏발과 적개심과 한이 들어 있었다. 모두들 차려 자세를 취하고 숙연히 서 있었다. 이 GP에만 오면 언제나 고함친다 했다. 육이오 때 그는 이곳에서 많은 부하를 잃었다고 했다. 건넛산과 강변 지형을 아직도 나보다 더 자세히 기억하고 있었다.

그는 묵념하는 것처럼 한동안 고개를 숙이고 있다가 느닷없이 돌아서서 지휘봉으로 내 배를 쿡쿡 찔렀다. '시인이 어떻게 GP장이 된 거야. 신 소위!' 하고 불러놓고는 '대철이밖에 없어?' 하며 중대장과 대대장을 보았다. 잠시 무거운 침묵이 흘렀다. 나는 얼른 책임지고 열심히 잘하겠다고 큰 소리로 말하고는 'CT000000 지점, 검은 짚차를 탄 군관 대여섯 명이 상황판을 들고 이쪽을 가리키며 이야기하는 것을 관측했습니다' 하고 최근 북쪽 동향을 설명했다. 설명하는 도중에 그는 농담조로 '에이 이 사람아, 아무리 긴장해도 그렇지, 신대철, 대철아, 군관 개새끼들이라고 해도 부족한데…' 했다.

짚차에 타기 전 그는 닭장을 둘러보면서 '내가 준 닭들은 알 잘 낳지? 살 좀 쪄야지. 닭 다섯 마리 더 주마' 하고는 어깨를 툭 치며 껄껄 웃었다. 그가 돌아간 뒤 얼빠진 사람처럼 망연히 서 있었다.

1969년 5월 9일 금요일, 해

빗물통 밑바닥에는 흙물에 허옇게 흐물거리는 죽은 노래기와 지렁이들, 급수차는 오지 않는다. 물 뜨러 갈 자원병이 나올 때까지 철조망 부비트랩을 하나하나 제거하고 한 몸 빠져나갈 비탈길을 뚫었다. 아무리 기다려도 첨병이 나오지 않는다. GP는 언제부터 무슨 요양병동이 되었는가. 누구는 몸이 아프고, 악몽을 꾸고, 누구는 부적이 없고, 액운 때문에 앞자리를 피했다. 간신히 자원병 아홉 명을 데리고 휴전 직후 독약 사건이 일어났던 폐쇄된 우물을 찾아 계곡으로 내려갔다. 한 번도 가보지 않은 벙커 바로 아랫길, 우물은 큰 계곡 하단에 있었다. 거기서 분계선까지는 백오십여 미터 거리? 우물에서 올려다보니 GP는 가파른 낭떠러지 위에 있었고 계속 돌들이 굴러 내렸다.

지뢰지대를 확인한 자원병들은 날쌔게 움직였다. 하나씩 물통을 가득 채우고 각자 오르기 시작했다. 그때 대대장이 우리 GP로 가고 있다고 상황실에서 무전 연락이 왔다. 우리는 찰랑이는 물을 다 쏟아 버리고 한 시간 반 거리를 허겁지겁 올라왔다. 옆 GP장 종범이의 돌발상황 대비 전화였다. 오, 함께 살아남기 위해서?

1969년 5월 10일 토요일, 해와 비

우물길에서 본 벼랑 위의 GP는 동화 속 악령의 성채 같다. 텅 빈 성벽의 시커먼 총안(銃眼), 그 아래 말라붙은 쓰레기와 악취, 움푹 파인 철조망 밑으로 끝없이 흘러내리는 흙가루, 점점이 찍힌 짐승 발자국, 타다 만 나뭇등걸 사이로 어슬렁거리는 세 발 고라니, 총칼과 수통을 덜렁거리며 물을 찾아 헤매는 목마른 그림자들, 아무것도 묻지 않고 악령에 씌면 서서 자도 평온해진다.

1969년 5월 11일 일요일, 해

라면, 월 4회
돼지고기, 월 6회
닭고기, 월 1회

식단표 점검하고 군진수칙 외우고 작전계획 확인하고 뒤죽박죽 해 기울고 땅별 뜨다 말고

하늘별만 뜬다.
별자리가 움직인다.

내 물병자리는 보이지 않는다.

1969년 5월 12일 월요일, 해

 시는 쓰지 않고 왜 하루 치 일기에 매달리는가. 일기는 생존 기록이지만 시는 그렇지 못하기 때문에? 위기를 느낄수록 시와 거리를 갖는 것이라면 여기서 살아 나갈 때까지 내 생존 양식은 일기밖에 없는가. 시로써 우리의 땅을, 그 절대상황을 노래할 순 없는가. 구체적으로 쓰는 시를 생각해보자.

 대지에 가장 가까운 농부들의 일상어와
 대지에서 가장 먼 군인들의 일상어와
 농기구의 언어와
 총칼의 언어와
 분계선

 시란 무엇인가.

1969년 5월 13일 화요일, 해와 구름

잘 익어가는 해바라기씨처럼 스물다섯 개의 스피커들이 빼곡히 박혀 있는 스피커 하우스 위에 까마귀들이 앉아 있다. 시찰단 돌아가고 밥 짓고 잔밥 버리는 시간을 묵묵히 견디는 까마귀들, 까욱, 하고 한번 울어주지 않고 먹구름 밑에 머리를 짓누르며 앉아 있는 까마귀들.

1969년 5월 14일 수요일, 구름

장군 순시는 미뤄지고 옆 사단 정보참모와 연대장이 왔다. 전방 지형과 동향을 설명할 때 팔짱 끼고 내려다보던 날카로운 눈길. '시 쓴다고? 여기서는 잡념 가지면 안 돼! 포를 쐈을 때 그게 폭탄이 되든 축포가 되든 불발이 되든 그건 나중 문제야, 중요한 건 조준 당시의 살상 의도야. 적개심이 없는 군인은 군인이 아니야.' 아무 말 안 해도 속으로 듣고 질문하는 사이 몇 번 바람 드나들고 빗방울 끼어든다. 적이란 무엇인가?

1969년 5월 18일 일요일, 구름

오늘은 GP 이발하는 날, 중대 이발사 일병 연호가 들어와 무반동총 근처에 의자 하나 갖다 놓았다. 나는 무반동총 방향을 조금 틀며 조심하라고 했다. GP의 모든 무기가 24시간 장전되어 있는 줄 모르고 연호는 이곳저곳 둘러보다 무심히 57밀리 무반동총 방아쇠를 당겼다. 꽝! GP가 폭격당하는 줄 알고 모두들 벙커에서 튀어나왔다. 포탄은 북쪽 독립봉과 GP 사이를 지나 과부촌 산중턱에 떨어졌다. 다행히 불발이었다. 위기일발!

1969년 5월 19일 월요일, 해

'오늘은 81밀리 차롄가?' 어제 57밀리 오발사고를 두고 대대장이 농담을 던진다. 내 말을 막으려는 듯 그는 짚차에서 내리자마자 강물을 바라본다. 어느새 햇빛을 받아 강물은 흰 모래밭을 안고 연둣빛을 띠고 있다. 어디까지 알고 있을까, 오발사고는 말하면서 강가로 내려가는 길과 강폭과 깊이는 왜 묻지 않을까? 안전소로 길 찾아 날마다 분계선까지 내려간다는 보고를 받았을 텐데.

언제나 여유 있는 지휘관, 말없이 벽을 허물고 언제나 고통

받는 곳에서 고통을 나누는 이득필 중령, 저 인간적인 눈빛으로 어떻게 군인이 되었을까? 대대장은 어깨를 두드리면서 외박 나가 바람이나 쐬라고 한다. '나중에요' 하니 '그래, 네 좋은 대로 해' 하면서 멋쩍게 웃는다. 오랜만에 사람하고 이야기하는 것 같았다.

1969년 5월 27일 화요일, 비

빗방울이 떨어진다. 빗방울 떨어지는 속도가 초속 10미터라면 내가 나락으로 떨어지는 속도는? 떨어질수록 발끝으로 벙커를 꾹 누르고 서본다. 어느새 깃발까지 모두 잠들어 있다. 발 고린내 훈훈하고 코 고는 소리 정겹다. 오랜만에 돌아온 GP의 일상. 새 관측소는 생나무 냄새 가득하고 구막사는 방앗간 창고같이 눅눅하다. 관측소 내부 작업 확인하러 안개 속을 헤쳐 온 중대장이 말없이 강물만 바라보고 간다. 짚차가 아련히 떠오른다.

1969년 5월 28일 수요일, 안개, 오후부터 비

산 능선이 하나씩 안개에 잠겨간다. 점점점 봉우리만 남는다. 햇빛을 등지고 서서 안개골을 내려다보면 다시 원무지개가 뜬다. 안개 속 물방울 알갱이들이 빛을 굴절시키고 반사하는 것일까. 내 그림자가 길게 늘어나 원무지개 속에서 움직인다. 원무지개다! 하고 소리치니 눈 비비고 모두들 몰려나온다. 원무지개 안에 들어가려고 애쓰지만 원무지개는 한 사람밖에 받아주지 않는다. 내가 보면 내 그림자만 네가 보면 네 그림자만 무지개 안에 어른거린다. 골안개 원무지개에 모두들 나란히 서서 제 그림자에 취해 자리 옮겨보고 고개 흔들어보고 훨훨 날아본다. GP가 잠시 원무지개 집단 최면에 걸린다.

1969년 5월 31일 토요일, 해

우리는 찰리와 탱고* 사이에 들어와 있다.
날이 갈수록
수치화되지 않던
생각들 하나하나가
섬세하게 층을 이루어
GP 좌표와 가까워지다 겹쳐진다.

* 찰리(Charlie), 탱고(Tango)는 통신할 때 알파벳 C, T를 지칭하는 기호. 일정 지역을 CT로 시작하는 좌표로 표시한다.

고독하다.

1969년 6월 5일 목요일, 비

밖이 술렁거렸다. 빗속에서 이 닦고 세수하고 면도하고 모두들 난리다. 빗물통까지 바닥이 났다. 오후에 온다던 여군 방송요원들이 오전에 온다는 것이었다. GP요원들 기분 맞춰준다고 야한 농담에 콧노래까지 부르며 선임하사도 옷을 갈아입었다.

RB에서 전화가 왔다. 길이 미끄러워 급수차가 들어올 수 없다고 했다. 할 수 없이 사역병을 차출하여 계곡에 내려가 물을 길어 왔다. 그사이 여군 방송요원들이 와 있었다. 경례를 붙였지만 받지 않고 '여기 GP장은 왜 그렇게 보기 힘들어요, 이 GP가 제일 대접이 나쁘다고 소문났던데 사실이군요' 하고 볼멘소리를 했다. 올 때마다 자리를 비워 속이 상한 듯했다. 다 구면이었다. 계급장을 보지 않고 '이 하사', '안 병장' 하고 부르다 보니 모두 진급해 있었다. 내가 계속 실수하는 걸 보고 옆에서들 수런거리고 어쩔 줄 몰라 했다.

여군 방송요원들은 두 번 생방송을 했다. 방송 내용과는 상관없이 모두들 나직하고 부드러운 목소리에 취해 넋을 놓고 어디론지 끌려가고 있었다. 그 먼 곳에서 채 돌아오기 전에 방송요원들은 일어났다. 사정사정하여 간신히 오락회를 가졌다.
그런데 몇은 오락회에 참여하지 않고 모여서 먼 산만 보고 있
었다. 그중 누군가가 안 하사를 짝사랑하는데 마주 앉을 수가
없다는 것이었다. 그래서 친구와 같이 있으려고 함께 몰려 있
는 것이었다. 사실이 아니라 해도 막상 할 말이 없었다. 그저
옆에 끼어 있을 수밖에.

　오락회가 끝나자 여군 방송요원들은 왜 함께 즐기지 않느
냐고 상기된 얼굴로 따지듯이 물었다. 여군 방송요원들이 GP
를 떠날 때 경례를 붙였지만 이번에도 받지 않았다. 상급자
가 하급자에게 경례를 붙이는 곳은 GP밖에 없을 것이라고 하
니 선임하사가 얼른 남녀 사이에는 여자가 상관이라고, 남자
가 여자에게 경례하는 것이라고 일러 주었다. 선임하사가 '미
쓰 안! 오늘 고마워요. 다음에 또 봐요!' 하고 큰소리로 외치
자 크게 손을 흔들었다.

1969년 7월 12일 토요일, 구름과 비

　싸리 울타리에 흰 꽃이 피었다. 벌 떼가 잉잉거렸다. 7월 봉
급 6740원. 그중 4000원을 합대나뭇골 집에 부쳤다. 감자라
도 심었는지 모르겠다.

　어두워지면서 부슬비가 내렸다. 관측실 벙커 위에 우의를

덮어두지 않았는지 천정에 물이 맺힌다. 눈 한번 붙이지 못하고 순찰. 낮에 보급차에 실려 온 드롭스, 설탕, 통조림 등 특식을 맛보았다. 양호했다. 할당표를 작성했다.

1969년 7월 13일 일요일, 볕

아침볕이 따가웠다. 시골 공터에서 흔히 보던 까마중이 예까지 와 있었다. 생각하지 않으려고 얼른 돌아섰다. 닭모이 주고 꼴을 베어 돼지울에 넣었다. 닭 한 마리가 계속 따라다녔다. 산중턱에서 마을까지 그 먼 길을 뒤뚱뒤뚱 푸드득거리며 따라오던 합대나뭇골 그 수탉처럼. 두 손을 내미니 손바닥에 올라앉았다.

점심때 부성이가 라면 끓이는 것을 보고 일요일이구나 생각했다. 아무도 일어나지 않는다. 식사 시간이라고 소리치는 취사 당번의 목소리만 벙커 속을 울린다.

1969년 8월 1일 금요일, 구름과 비

17시 50분쯤 중대장과 함께 AIU 일행이 들어왔다. AIU 일행의 인솔자는 중대장과 보병학교 OBC 과정 동기라 했다. 공식 명칭을 물으니 AIU, 혹은 일명 HID, 속명 두더지라 했다. 모두 여섯 명이었는데 두 명은 보병 장교(대위, 소위) 계급장을 달고 있었고 나머지는 군복만 걸치고 있었다. 모두들 눈빛이 강렬하고 몸이 단련되어 있었다. GP는 처음이라고 했다. 담력과정 교육훈련을 하기 위해 앞으로 5일 동안 GP 앞으로 잠복 나가면서 군사분계선상의 지형을 숙지하겠다고 했다. 나는 전방 지형과 안전소로를 대략 설명해주고 폭우로 인해 교통호와 관측소가 무너지고 유선이 두절되어 전방 진입이 불가능한 상태라고 했다. 그들은 무엇이든 묻기만 했다.

대대장 지시로 그들을 수색중대가 지은 막사로 안내했다. 밤새 잠을 이루지 못하는 것 같았다. 볼에 스치는 빗방울이 뜨거웠다. 상황실로 내려와 그들의 방문을 일지에 기록하려다 그만두었다.

덧붙이는 하루

제대한 뒤 외지에 정착한 김종범(군복무 시절 옆 GP장)이 들뜬 목소리로 전화를 했다. 하 소위 아느냐고, 그와 함께 옛 GP에 가보지 않겠느냐고. 소문으로만 듣던 하 소위를 만난다는 게 실감 나지 않았다. 그는 듣던 대로 전형적인 육사 출신답게 몸도 마음도 직각이었다. 우린 GP에 대한 옛 기억을 회상하면서 금시 편해졌다. 아쉽게도 최전방에 비상이 걸려 옛 GP엔 들어가지 못하고 우린 분계선이 보이는 인근 OP에 들렀다. 펄럭이는 깃발과 까마귀 떼, 변한 게 별로 없었다. 우린 말 없이 금성천을 바라보았다.

오랜 시간이 흘렀어도 하 소위는 군인정신이 투철한 사람이었다. 군사기밀이 될 만한 부분은 함구하거나 기억나지 않는다고 했다. 육사 동기생인 전 GP장 임형주 소위에 대해 물으니 자신은 소장으로 예편했지만 그는 대령으로 예편하고 병사했다고 한다. 생도 시절 자본주의를 비판하는 신영복 선생의 강의에 매료되어 이념을 갖게 된 임 소위는 꿈꾸는 대로 되는 일이 없었다고 한다.

언제부터였는지 첫눈이 내리고 있었다. 북쪽의 근황을 설명하는 전방 장교의 카랑카랑한 음성에도 핏발 가시고 눈발이 날리고 있었다. 금성천이 눈발에 묻혔다 다시 떠올랐다.

분계선 흰 모래밭 앞에서

시간은 공포였고 신념은 폭력이었던가?
도로에서 임무 교대하고
능선 아래 진지로 투입되는
북쪽 초병들의 몸짓이 얼룩얼룩 눈발에 묻어난다.

여기서는 고독도 시도 다만 물체일 뿐

'먼저 보고 먼저 쏘자'는 구호
돌아서는 발길을 다시 흔든다.

(2009년 11월 2일 화요일, 첫눈)